나의 고통은 보이지 않아

루실 드 페슬루앙 글

주느비에브 다를링 그림

박언주 옮김

나의 멜랑콜리한 우울과 나의 미친 듯한

폭소를 함께했던 에블린에게…

루실

나와 함께 계속 성장하기 위하여, 뱅상에게…

주느비에브

내 생각에
내가 가장 싫어하는 것은
상상력의 죽음인 것 같다.

- 실비아 플라스
(미국 시인, 소설가)

한쪽 다리에 깁스를 한 것이, 마음이 아픈 것보다 훨씬 더 많은 연민과 동정심을 불러일으키는 경우가 많다. 깁스는 눈에 보이기 때문에, 사람들은 깁스한 이를 배려해 주고 신경을 써 줄 것이다. 하지만 얼굴에 푸른 멍 자국 하나 없어도, 피 한 방울 안 나도, 마음이 아파 힘들 수 있다.

우리는 마음이 아파도 멈추지 않고 계속 나아가고, 주어진 일상의 임무를 계속 완수해간다. 하지만 남들보다 느리고, 남들만큼 똑 부러지지도 않으며, 남들보다 쉽게 지친다. 주변 사람들도 그걸 아주 모르진 않는다.

사람들이 그걸 동네방네 떠들진 않는다. 그것은 모든 이와 공유할 수는 없는, 뭔가 은밀한 것이다. 우리 마음속의 멍은 눈에 안 보이는 경우가 많고, 만약 사람들이 알게 되면 우리에게 상처로 되돌아올 수 있다. 사회는 우리 마음속의 상처를 보고 싶어 하지 않는 경우가 더 많다.

우리의 머릿속에서 무슨 일이 벌어지고 있는지, 우리에게도 다스려야 할 아픔이 너무 많다는 것을 사람들에게 어떻게 설명해야 할까? 폭발할 것 같은 이 심란한 마음을 그들에게 어떻게 이해시켜야 할까? 우리 마음속을 가로지르는 폭풍우와 터질 듯 분출하는 감정들을 그들은 이해하기 어려우리라.

그런데 만약 그들에게 설명해야 한다면?

내 침대는 나를 끌어당겨 삼켜버리는 바닥없는 우물이다.

자리에서 일어날 수가 없다. 꼼짝할 수도 없다.
할 수 있는 것은 우는 것뿐.

엄마는 늘 이렇게 말한다.
"넌 잘될 수 있는 조건을 다 갖고 있단다.
네가 잘 안 될 이유는 하나도 없어."
엄마 말이 맞다.

오늘 아침, 편의점은 저세상 끝인 것처럼 멀기만 하다.
그래도 난 우유를 사러 갈 것이다.

- 슈샤나

어젯밤, 나는 공황발작을 겪었다.

눈은 떴지만, 숨을 쉴 수 없었고 목구멍은 콱 막혀 있었다.
나는 울부짖었다. 정말 무서웠다.

몇 시간 후, 나는 일과를 시작했다.

선택의 여지가 없다.

- 카림

오늘 아침, 한 소년이 지하철 선로에 몸을 던졌다.

난 그 소년을 직접 봤다. 바로 내 옆에 있었으니까.

난 아무 것도 하지 못했다.

나는 울부짖었다.

우리 모두 울부짖었다.

자살은 그가 가진 문제의 해답이었을까?

나는 지하철을 기다리면서도, 약국에서도,

샤워를 하면서도 그 생각을 한다.

내 마음속에도 무시무시한 파도가 몰아칠 때가

가끔 있다. 참을 수 없는 슬픔에 덜컥 사로잡히면,

모든 걸 놓아버리고 죽고만 싶다.

그냥 너무 힘들기 때문이다.

그러다 친구들과 가족 생각이 난다.

그들에게 말을 걸고 편지를 쓰고 싶다.

하지만 실제로는 그렇게 할 수가 없다.

- 매튜

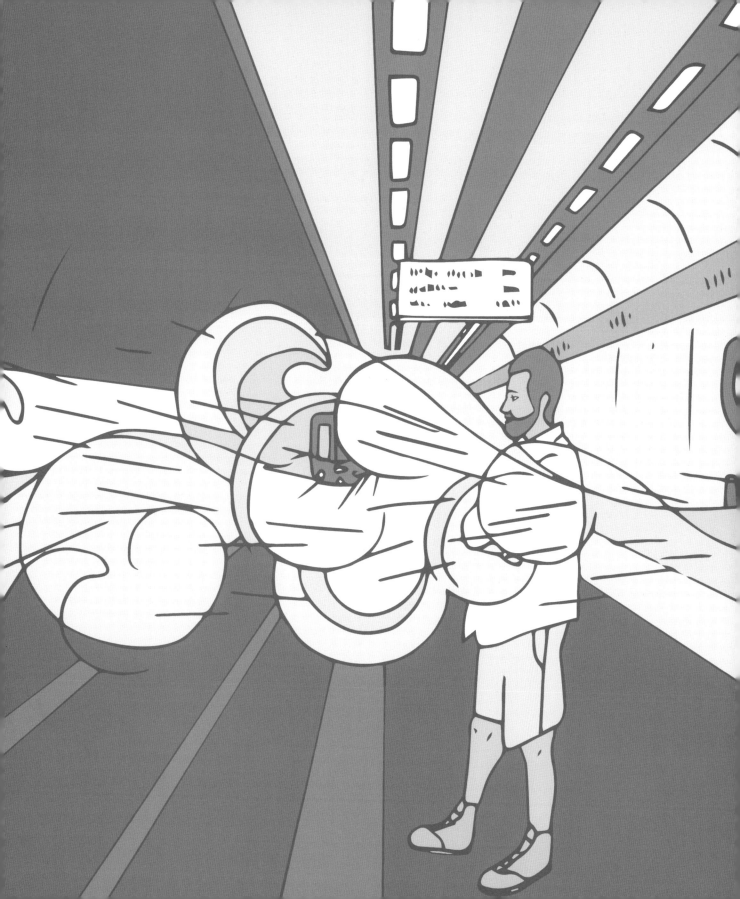

난 다시 시작했다.

커터 칼로 두 팔뚝에 칼자국들을 냈다.

흉하다.

내 머릿속의 고통이 금세 희미해진다.
더 이상 아무런 느낌이 없다.

씻고 나서, 수건으로 팔뚝을 닦고 수건은 감춘다.
개수대를 청소하여 흔적을 말끔히 지운다.
두툼한 긴 소매 스웨터를 걸친다.

밖은 아주 덥지만, 팔뚝의 상처를 내놓고 다닐 수는 없다.

- 멜리사

나는 새벽 한 시에 내 방의 벽을 다시 칠했다.

그때는 잔뜩 흥분해서 머릿속에 그 생각밖에 없었다.

아침이 되면 맘에 안 들기 시작한다. 오렌지색은 내 취향이 아니다.

나는 단 며칠 만에 흥분상태에서 우울모드로 변할 수 있다.

조절이 쉽지 않다. 그만큼 극과 극을 오간다.

가족들과 친구들도 감당하기 힘들어한다. 그게 눈에 보인다.

제일 친한 친구랑 외출하기로 했다가도 막판에 취소해버린다.

친구는 내 변덕에 질렸다고 했다. 난 그 친구를 너무 좋아하는데도
며칠 전에는 그 친구의 전화를 매몰차게 끊어버렸다.

깔깔거리고 웃다가 단 몇 분 만에, 단 몇 시간 만에, 단 며칠 만에
눈물을 뚝뚝 흘리는 건 누구나 웃어넘길 수 있는 일은 아니다.

- 아미나

휴대폰 불빛이 내 얼굴을 비춘다.
손가락 끝으로 이미지들을 휙휙 넘긴다.

잠이 오지 않는다.

5년 전에 저지른 실수, 일주일 후의 약속,
내일 아침에 부쳐야 할 우편물··· 따위가
떠오른다. 내 머릿속에 과부하가 걸린다.
침대에서 이리저리 뒤척거린다.

몇 주일째 거의 자지 못하고 있다.
매일 밤이 힘들고
매일같이 안개 속으로 가라앉는다.

- 에브

20

나는 학교에서 공부를 아주 잘한다.

친구도 엄청 많다.

일주일에 네 번 운동도 한다.

하지만 솔직히 말하면 난 기진맥진한 상태다.

내 심장이 몇백 년은 살아온 것 같은 그런 기분이다.

그래도 나는 멈추지 않는다. 나는 최고여야 한다.

왜? 최고 점수를 받기 위해서.

왜? 최고의 대학에 들어가기 위해서.

왜? 나중에 돈을 최대한 많이 벌기 위해서…

하지만 이렇게 늘 피곤하다면 과연 그 돈으로 무엇을 할 수 있을까?

- 샤를리

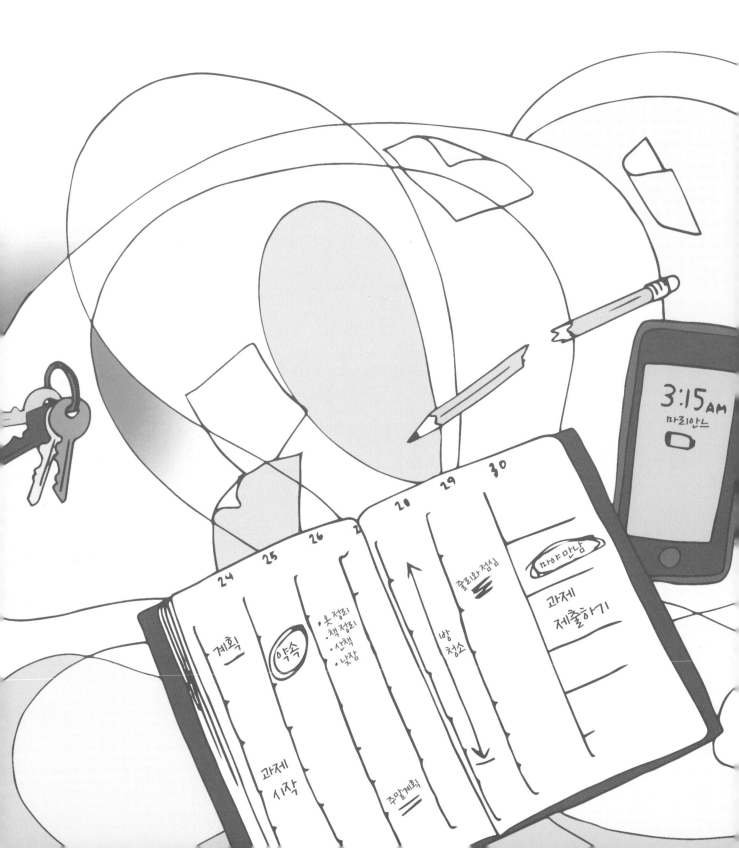

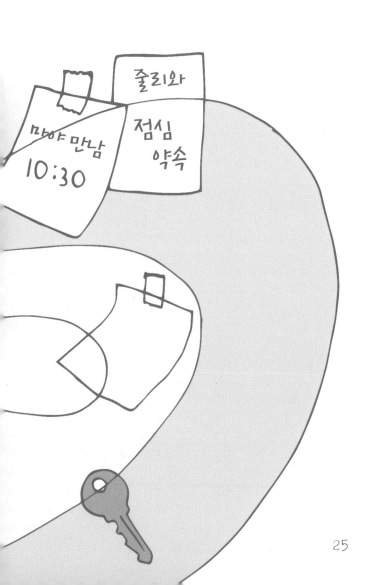

약속 잡기, 내 방 청소하기, 난 이 모든 것들을
나중으로 미룬다. 내가 해야 할 일은 점점 쌓인다.
그러다 더 이상 선택의 여지가 없을 때,
그때가 되서야 나는 실력을 발휘한다.
밤을 새야 하면 밤을 새고, 그렇게 해서 다음날
선생님께 무사히 과제를 제출한다!

나는 일상적인 계획을 세우는 것이 아주 힘들다.
나는 무슨 일을 해도 늘 문제가 생기는 사람이다.
물건을 잘 잃어버리고, 어떤 사이트에 접속할 때도
'비밀번호 찾기'만 클릭하다 시간을 허비하고,
결국 지각한다.

그래도 확실한 계획에 따라 움직이려고 애쓴다.
수첩과 휴대폰 캘린더, 각종 알림과 메모들…
하지만 오전 10시에 뭔가 삐끗하면 와르르,
그날 하루는 종일 꼬여버린다.

물론 남들은 좀 쉬라고 말한다. 내 계획에 끼어드는
실수나 사소한 것에 집착하지 말라고 말한다.
하지만 그것도 나에게는 피곤한 일이다.

- 마리안느

거울을 들여다본다. 슬프고 우울한 소녀의 모습이 보인다.

나는 설명할 수 없는 여러 이유 때문에 거식증에 걸렸다.

12살이 되자 내 몸이 변하기 시작했고, 어쩌면 난 그것이 혐오스러웠는지도

모른다. 나는 음식 때문에 내가 더러워지는 느낌이 든다.

마음속 깊은 곳에서는 내가 잘못되고 있다는 것을 알면서도

난 영양실조에 걸릴 정도로 안 먹고, 일부러 토하고, 운동을 쉬지 않는다.

주변 사람들은 날 들들 볶으며 내가 먹는 걸 지켜본다.

난 억지로 학교에 가지만, 점점 더 힘들어진다.

내 몸을 내가 조절하고 싶지만, 이제는 모든 것이 통제 불능이다.

- 이즈나

내가 과자 세 봉지를 삼십 분 만에 먹어 치우는 것이

순전히 식탐 때문만은 아니다. 연달아 요구르트 한 통, 초콜릿 하나,

빵과 치즈를 먹는 것도 배가 고파 죽을 것 같아서가 아니다.

내가 손에 잡히는 대로 집어삼키는 것은 뭔가 위안을 얻고 싶고,

어딘가 헛헛하기 때문이다. 하도 토하다 보니 목구멍이 아프다.

나는 숨어서 먹는다. 숨어서 토한다. 난 아프다!

나의 괴로움을 덜어보려고 강박적으로 먹어대다가 늘어난 살들,

이 살들을 언젠가는 뺄 수 있을까?

- 안느-마리

지금도 나는 제시를 볼 때면, 그 애가 그날 일을 알고 있는지 궁금하다.

그 사람이 제시에게 내 이야기를 했을까? 제시가 알고 있을까?

나는 제시에게 그 일에 대해 한마디도 한 적이 없다.

엄마에게 이야기하는 데에도 몇 달이 걸렸다. …수치심, 죄책감, 두려움.

난 그를 고소했고 사람들은 나를 위로했지만, 난 아직도 불안하다.

나는 파티에 거의 가지 않고, 술도 마시지 않고, 치마도 입지 않는다.

잊어버리고 싶고, 마치 그 일이 없었던 것처럼 살고 싶다.

하지만 내 모든 노력에도 불구하고 그 일은 벌어졌고

아주 폭력적인 몇몇 장면들이 번개처럼 머릿속을 스쳐 갈 때가 많다.

자주 불안하고, 자주 불면증에 시달린다. 난 더러운 아이라는 느낌이 든다.

식은땀에 젖어 잠에서 깨기도 하고, 깜깜하면 잠을 잘 수가 없고,

라나 델 레이 Lana del Rey의 음악을 들을 수가 없다.

그 일이 벌어지기 전 내가 마지막으로 기억하는 것이 바로 그 음악이다.

6년 전, 제시의 집에서 벌어진 일이다. 사춘기를 갓 벗어난 나는

세 번째 파티에 갔었다. 그때 누군가 내 잔에 약을 탔다.

GHB*였다. 난 아침 일찍 제시 부모님의 침실에서 눈을 떴다.

난 옷매무새가 엉망인 채로 침대 위에 혼자 남겨져 있었다.

- 뤼나

*GHB(감마 하이드록시낙산)은 무색 무취의 신종 마약이다. 주로 물이나 술 등에 타서 액체 상태로
  마시기 때문에 '물 같은 히로뽕'이라는 뜻의 속칭 '물뽕'으로 불린다.

어제부터 두통이 있고, 속도 울렁거리고, 초콜릿만
무진장 먹고 싶다. 무엇보다 난 우울하다.
어찌해볼 도리가 없는 부정적 감정에 휩싸인다.

생리가 코앞에 닥치면 나는 전혀 딴사람이 되어
딴 세상에 가 있는 듯하다.

애인이 있는 이들에겐 쉽지 않은 일이다!
한 달에 한 번, 나는 모든 것을 새로운 눈으로
되돌아보게 된다. 남자친구는 날 이해하지 못하고,
나는 일주일 후에야 그를 다시 사랑하기 시작한다.

- 클로에

내 눈에서는 불이 나고 목이 타지만, 난 절대 자리를 뜰 수 없다.

게임을 끝낼 수 없기 때문이다. 지금 내가 게임을 끝내면

최근 몇 주일간 내가 얻은 모든 것을 잃게 될 것이다.

한 단계 더. 어서, 난 할 수 있어!

지금 이곳은 새벽 5시, 멜버른은 밤 9시다.

상대 녀석이 유리한 건 분명하다.

학교에서 돌아온 후 지금까지 난 게임을 하고 있다.

두 시간 후에는 일어나야 한다. 차라리 안 자는 편이 낫다.

사실 난 너무 흥분상태라 잠을 잘 수도 없다.

게다가 난 좀비의 3/4을 죽이고 있고, 열쇠를 얻기 직전이다.

이건 죽느냐 사느냐의 문제이다.

난 혼자서 낄낄대고 있다.

- 마뉘

그녀에게 음악 볼륨을 좀 낮추라고 부탁했다. 음악 소리가 거슬린다.

그녀는 눈을 치켜뜨며 나를 쳐다본다.

내가 그만큼 쉽게 흥분할 수 있다는 걸 그녀는 알지 못한다.

하지만 정말 그렇다. 나는 무리 지은 사슴 떼만 봐도 눈물이 난다.

그건 친구들의 성공이나 어린아이 안아보기,

한 줄의 시가 나를 울리는 것과 마찬가지다.

말하자면 내게는 여러 개의 감정이 있고

그건 조절하기가 어렵다.

- 수잔

그 친구에게 답장을 보냈고, 그 이후로 모든 것이 엉망이 되었다.

좋게 말하면 내 답장이 그 친구 맘에 들지 않았고,

친구는 SNS에 내 욕을 올리기 시작했다.

모두에게 내 욕을 퍼 날라 달라고 했다.

이제는 아무도 나를 이름으로 부르지 않는다.

그리고 선생님이 돌아서기가 무섭게

내 목덜미에는 종이쪽지와 연필, 자 따위가 날아든다.

그중에는 버스 정류소까지 나를 따라오는 아이들도 있다.

난 무섭다. 하지만 아무렇지 않은 척한다. 내가 바보 같다.

내가 무슨 대응을 할 수 있을까?

앞으로도 몇 주간 계속될 것이고,

어쩌면 영원히 그렇지도 모른다!

내일도 나는 학교 식당에서 혼자 밥을 먹게 될 것이다.

- 릴리

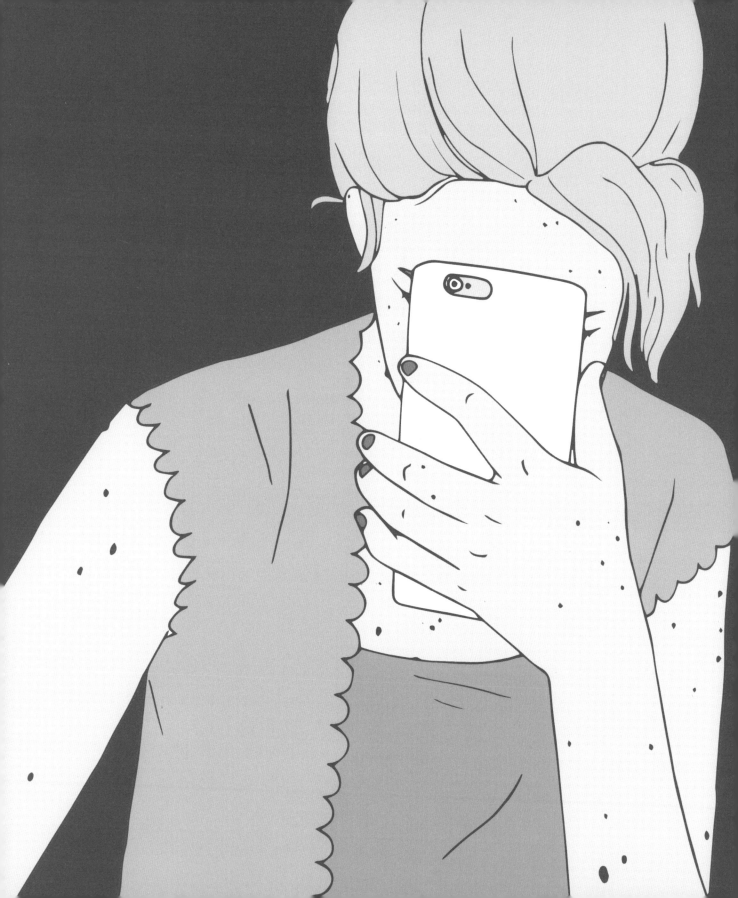

이게 무슨 소리지? 내가 그 아이를 힘들게 했나?

어젯밤 카페를 나오면서 불을 잘 껐던가?

기계들 전원은? 직장을 잃으면 어떡하지?

난 녹초가 되었다.

머릿속의 작은 목소리들이 나를 온종일 따라다닌다.

그 목소리는 내게 이건 해야 하고, 저건 하면 안 된다고 말한다.

난 그 소리를 듣고 싶지 않다.

늘 두려움을 안고 산다는 건 미친 짓이다.

이제는 두려워지는 것이 두려울 지경이다.

하지만 내게 진짜로 무슨 일이 일어나는 경우는 거의 없다.

- 마르크

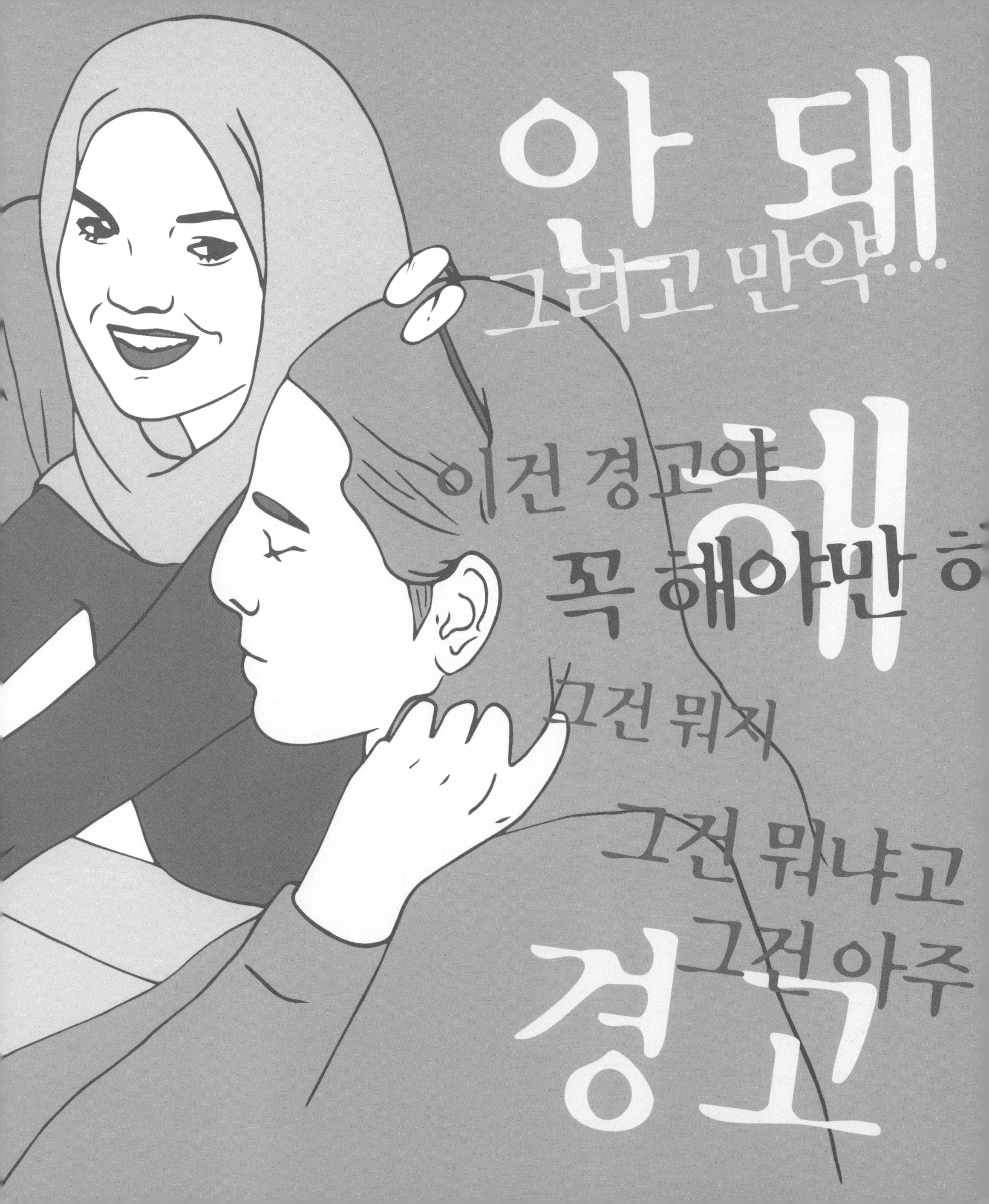
안 돼
그러고 만약...
이건 경고야
꼭 해야만 ㅎ
그건 뭐지
그건 뭐냐고
그건 아주
경고

나는 항상 내가 죽을 거라는 생각을 한다.

고통스러운 오랜 지병으로 말이다. 병명은 매번 바뀐다.

그게 더 재미있다. 난 매주 병명을 바꾼다.

웃음이 나오지만, 나는 매번 진짜라고 믿는다.

매주 나는 새로운 병과 마주해야 한다.

응급실 담당자가 내 이름을 알고, 여자 약사는 내 전화번호를 안다.

기침을 하면 폐색전증이다.

손에 반점이 하나 생기면 피부암을 각오해야 한다.

매달 생리 때가 되면 독성 쇼크 증후군을 떠올린다.

늘 따라다니는 미열은 분명 뇌혈관장애 증상이다.

나는 열을 무척 자주 재 본다. 항균 젤을 손에 바르지 않으면

절대 밖에 나가지 않는다. 그리고 분명한 건

늘 알약을 가지고 다닌다는 것이다.

그렇지만 의학 포럼 사이트에 들어가는 건 관뒀다.

즐겁고 재밌긴 하지만, 내가 너무 불안해진다.

- 안나

나는 나를 과소평가하는 경우가 많다.

나도 나 자신에게 만족이라는 걸 해보면 소원이 없겠다.

나는 생각이 너무 많은 것 같다.

잘 통하던 사람이더라도 직접 마주치면
내가 얼마나 재미없는 사람인지 그가 금방 알아챌 것 같다.
난 대화에 소질이 없다고 생각한다.
난 항상 이 친구 저 친구에게 나를 포기하지 않겠다는 약속을
받아내려 하지만, 그들도 더는 어쩔 수가 없다는 걸 나는 안다.

지독한 악순환이다.

- 쥘

난 오늘 저녁에 그녀와 외출하고 싶지 않다. 다른 여자 친구들과 놀고 싶다.
엘사 생일이라 다들 춤추러 갈 것이다. 그녀는 화를 낼 게 분명하다.
전에는 우리 둘이서 자주 외출하곤 했다. 이제는 아니다.
그녀는 내게 아주 잘해주고, 내게 굉장히 관심이 많다가도
느닷없이 돌변하여 굉장히 공격적인 모습을 드러낸다.

내가 뭔가 거슬리는 행동을 한 걸까? 그래서 실망한 걸까?

자기와 헤어지겠다고 말하면, 자기는 나 없이는 살 수 없다고 한다.
자기가 변할 거라고, 어쨌든 자기만큼 나를 참아줄 사람은
절대 못 찾을 거라고 한다.

정말일까?

- 소피안

나의 문제는 광장공포증이다.

집 밖은 온통 위험한 것들 투성이다. 집에서 나가는 것이 두렵다.
일상생활은 어떻게 하는지 궁금하다고?
난 그냥 참을 뿐이다. 하지만 내 머릿속에서는
회전 날개 하나가 윙윙 돌아가고 있는 기분이다.

길 하나 건너는 것도 불안하다. 약속 장소에도 30분 먼저 나간다.
교실에도 제일 먼저 도착하려고 한다.
모든 걸 내 눈으로 직접 확인하기 위해서다.
내가 슈퍼에서 먼저 빠져나온 것도
계산대가 순식간에 사람들로 북적댔기 때문이다.
나는 지하철을 절대 타지 않는다. 내가 가는 길은 멀고도 험하다.
나는 러시아워를 피하려고 일찌감치 길을 나선다.

나는 모든 것을 미리 계획한다.

친구들끼리 놀러 나가는 게 내키지 않는 것이 당연하다.

- 악셀

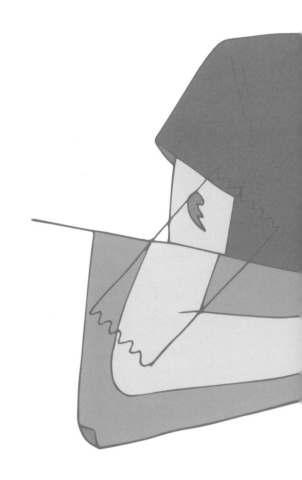

옛날에는 사람이 죽으면 상중임을 알리는 표시를 달고, 온종일 상복을 입고 다녔다고 책에서 읽었다.

주변 사람들은 겉으로 드러나는 표시를 보고, 슬픔에 잠긴 사람들을 배려해 주었다.

관심을 갖고 호의를 베풀며, 그들이 그 표시들을 하나씩 하나씩 떼어낼 때까지 고통을 함께했다.

난 오빠를 잃었고, 오빠가 없다는 것이 너무 고통스럽다.

하지만 사람들 앞에서는 웃기도 하고, 파티에도 가고, 공부도 한다.

- 클로딘

나는 기분이 들뜬 상태로 학교에 가는 것이 훨씬 편하다.

어떻게 이런 일이 시작되었는지 이젠 정말 모르겠다.

작년 학교 종업식 날, 친구들과 보드카를 마셨다.

우리는 취했다. 기분이 정말 끝내줬다.

에밀리랑 여름 내내 술을 마셨다. 부모님의 바에서 슬쩍하기도 했다.

에밀리의 언니가 술을 한두 병 사다 주기도 했다.

난 머릿속에 안개가 자욱이 퍼지는 듯한 그 취기가 좋다. 이제는 더 잘 마신다.

내가 좀 더 강한 사람이 된 느낌이다. 하지만 결국은 느낌일 뿐이다.

술이 떨어지면 스트레스를 받기 때문이다.

에밀리는 술을 끊었다. 이제 아무도 나를 도와주지 않는다.

나도 뭔가 해결책을 찾아야 한다. 나도 끊어야 할까?

- 카트린

난 인스타그램에 올라온 다른 사람들의 특별한 생활을 들여다보며 시간을 보낸다.

나는 휴대폰을 손에서 놓지 않는다. 알림이나 문자를 놓칠까 봐 가방이나 호주머니에도

넣지 않는다. 샤워할 때에는 세면대 위에 두고, 잘 때는 베개 밑에 둔다.

단체 채팅방에 올라온 대화를 조금이라도 놓치면 다음 날 대화에서

완전히 왕따가 될 것이고, 나는 그 잃어버린 시간을 만회하는 데 하루를 보낼 것이다.

그러다 보면 배가 아프고, 이제는 댄스 수업도 들을 수 없을 지경이다.

나는 오로지 휴대폰 생각밖에 없다.

- 플라비

이런 불편함, 이런 문제는 누구나 다 느낀다.

다만 그 강도가 다를 뿐이다.

이런 문제들 때문에 모두가 자기 할 일을 못 하는 것도 아니고,

일시 중지 버튼을 눌러야 할 만큼 피곤해하지도 않는다.

지금처럼 바쁘게 돌아가는 사회에서는

뛰어가서 달리는 기차에 올라타는 편이 더 쉬울 때가 많다.

그렇게 하지 않으면 손가락질을 당하거나, 꼬리표가 붙거나,

투명 인간이나 모자란 사람 취급을 당할 수 있다.

자신을 사랑하는 것, 그것이 해결책이다.

자기 자신을 사랑한다는 것은

자신이 자기 인생의 유일한 주인이라는 점을 안다는 것이다.

자신의 감정에 귀 기울이고 자신의 정신 건강을 존중하는 것이다.

그것은 크나큰 책임감으로 다가오기도 하지만,

그것만이 행복하게 잘 살기 위한 유일한 방법이다.

나를 행복하게 만드는 것이 무엇인지 목록을 만들었다.

마음이 약해질 때면, 그 목록을 꺼내 그중 하나를 고른다.

요가, 초콜릿, 고양이 안아주기, 노래 듣기 등등.

난 친구들에게 전화를 하고 놀러 나간다. 물론 아주 오래 나가 있지는 않는다.

친구들이랑 인터넷 채팅을 하고, 책 한 권을 고르고, 신문이나 책을 읽고

너무 내 안에만 갇히지 않으려고 노력한다.

도움을 청하는 법도 배웠다.

자기를 드러내는 것이, 남들로부터 너무 많은 질문을 받는 것이 두려울 수 있다.

소리 내어 우는 것이, 자신의 불운을 가련히 여기는 것이 두려울 수도 있다.

하지만 그것이 나약함의 표시는 아니라는 점을 명심하자.

전문가들의 도움으로 진단을 받을 수 있고, 두려움에서 벗어날 수도 있다.

우리 이야기를 꺼낼 수도 있고, 기분이 나아질 수도 있으며,

상황을 좀 더 명확히 볼 수도 있다.

전문가들은 우리 자신을 아는 방법과

우리를 지키는 방법을 가르쳐 줄 수 있는 자질을 갖추고 있다.

이 사회에서는 종종 우리의 결점과 우리의 문제점과 우리의 질병을 증폭시킨다.

이 사회에서 살아가는 데 필요한 사용설명서가 없다면

자신을 사랑하는 방법을 배우면 된다.

우리는 매일 과거를 포기하거나
과거를 받아들여야만 한다.
만일 받아들일 수 없다면
조각가가 되어야 한다.

- 루이즈 부르주아
(프랑스 조각가)

도움을 받을 수 있는 전화번호

[긴급 전화번호]

- 범죄신고(경찰청) : 112
- 긴급신고(119 안전신고센터) : 119
- 학교폭력근절 등 긴급지원센터 : 117
- 마약, 범죄 종합신고(검찰청) : 1301
- 사이버 테러(한국인터넷진흥원) : 118

[상담 전화번호]

- 한국아동청소년 심리상담센터 : 02-511-5080
- 해바라기 아동센터 : 02-3274-1375
- 탁틴내일(아동·청소년성폭력상담) : 02-3141-6191
- 청소년전화 : 1388
- 청예단 학교폭력SOS지원단 : 1588-9128
- 서울시 청소년상담지원센터 : 02-2285-1318
- 푸른아우성(건강·성·심리 상담) : 02-332-9978
- 여성긴급전화 : 1366
- 한국여성의전화 : 02-2263-6464
- 한국여성상담센터 : 02-953-2017
- 자살예방상담전화 : 1393
- 정신건강상담전화 : 1577-0199
- 한국생명의전화 : 1588-9191
- 한국자살예방협회 : 02-413-0892
- 중앙자살예방센터 : 02-2203-0053
- 한국성폭력상담소 : 02-338-5801
- 가정폭력 무료법률지원(대한법률구조공단) : 132
- 가정폭력 무료법률지원(한국가정법률상담소) : 1644-7077

[사이버 상담]

- 한국아동청소년심리상담센터 : http://www.kccp.kr
- 여성 폭력 사이버 상담 : https://www.women1366.kr
- 여성 폭력 상담 : https://www.women1366.kr
- 한국성폭력상담소 : http://www.sisters.or.kr
- 가정폭력 무료법률지원
  ※대한법률구조공단 사이버 상담 : www.klac.or.kr
  ※한국가정법률상담소 사이버 상담 : lawhome.or.kr

이 책의 등장인물들은 모두 허구이다. 이들의 이야기는 나와 내 가까운 지인들, 누리꾼들 사이에 잘 알려진 개인적 경험들로부터 착안한 것이다.

유일하지 않은 삶이란 없다.

- 루실 드 페슬루앙

루실 드 페슬루앙 글

몬트리올의 여류 작가이자 편집자. 2012년 슈샨나 비키니 런던이라는 필명으로 동호인 잡지에 글을 올리기 시작한 것이 첫 출판이다. 인간 내면의 이야기를 직설적으로 들려주는 그녀의 글은 시적이면서도 현실 참여적이다. 《나의 고통은 보이지 않아》는 퀘벡의 출판서적상 후보에 올랐으며, 2019년 몬트리올 도서관의 아동·청소년도서상을 수상했다. 2012년과 2014년에 《슈샨나 비키니 런던의 이야기》로 몬트리올의 엑스포진상 최종 후보에 두 번이나 올랐고, 2018년에는 《나는 나에 대해 무엇을 알고 있나》로 문학아카데미상을 수상했다. 《무엇이 여자의 심기를 불편하게 하는가?》로 캐나다 퀘벡의 에스피엘글상을 수상했다. 작품으로 《나의 고통은 보이지 않아》, 《나는 나에 대해 무엇을 알고 있나》, 《슈샨나 비키니 런던의 이야기》, 《무엇이 여자의 심기를 불편하게 하는가?》 등이 있다.

주느비에브 다를링 그림

주느비에브 삽화의 핵심 주제들은 친절함, 소속감과 유대감, 공간의 개척 등이다. 그녀는 작품을 통해 이성애의 규범에 도전하고 여성들 간의 소위 퀴어한 관계들이 보다 뚜렷하게 드러나도록 하는 데에 중점을 두고 있다. 작품으로 《나의 고통은 보이지 않아》, 《무엇이 여자의 심기를 불편하게 하는가?》 등이 있다.

박언주 옮김

대학에서 강의하며, 좋은 책을 찾아 번역하는 일을 하고 있다. 뻔하지 않은 다양한 상상력이 느껴지는 어린이 책을 좋아한다. 논문으로 「부조리와 신화」, 「카뮈의 반항의 현재성」 등이 있으며, 번역한 책으로 《처음 시작하는 철학》, 《위대한 생각과의 만남》, 《일상에서 철학하기》, 《페르세폴리스》, 《과학자들은 왜 철새를 연구했을까?》, 《목발 짚은 하이진》, 《장미 정원의 비밀》, 《왜?로 시작하는 어린이 인문학》 등이 있다.

J'ai mal et pourtant, ça ne se voit pas
by Lucile de Peslouän and Geneviève Darling

Copyright © 2018 Editions l'Isatis, Canada
Korean translation copyright © 2021, BOOKFOREST : REDBEAN Publishing co.,
This Korean edition is published by arrangement with Editions l'Isatis through
Bookmaru Korea literary agency in Seoul. All rights reserved.

나의 고통은 보이지 않아

© 루실 드 페슬루앙, 주느비에브 다를링, 2021

1판 1쇄 펴낸날 2021년 11월 20일

글 루실 드 페슬루앙 | **그림** 주느비에브 다를링 | **옮김** 박언주
총괄 이정욱 | **편집** 이지선 | **마케팅** 이정아 | **디자인** Design ET
펴낸이 이은영 | **펴낸곳** 빨간콩
등록 2020년 7월 9일(제25100-2020-000042)
주소 서울시 노원구 동일로 242길 88 상가 2F
전화 02-933-8050 | **팩스** 02-933-8052
전자우편 reddot2019@naver.com
블로그 blog.naver.com/reddot2019
ISBN 979-11-91864-04-5 43860 979-11-971956-2-4 03810